纸建筑

建筑

孟原／著

长江出版传媒　长江文艺出版社

孟　原

本名张晋，1977年生于四川安岳，后非非代表诗人。主编《刀锋上站立的鸟群》，《非非》执行主编。获第四届《钟山》文学奖。居成都。

选一只古典的鹤飞进我的词语

——关于孟原的诗

张清华

1

白银是水与火的修辞

植入其内部的精神……

在达到与到达之间

是词和词永恒的跳跃

"怀抱白银的抒情者"孟原，在他的一首同题诗中这样写道。这是我随便摘出的，它肯定不能说明问题，但至少可以从一鳞半爪之间，来暗示或者形容一下他写作的特点。这里面，述理与抒情的界限似乎已很模糊，或者说兼而有之、合二为一了；同时，在开阔的时空关系中，语词之间的黏结与传递，也可以说充满了韵律与弹性的意味。我不能不说，这是有质地的写作，是有抱负的，且见品性的写作。

有一个可资参考的角度：即"非非主义"的问题。孟原是世纪之交以后新加盟"非非"的诗人，我没有考证具体是何时，但从各种渠道得知，他不止是"后非非主义"写作的实践者，而且还是重要的理论支撑者，有不少观念文字行世。

"非非主义"作为当代中国诗歌运动中至为重要的一环，在同时注重"文本"与"人文"方面，在当代诗歌的观念与理论建树方面，可谓贡献卓著。由于注重"文本"，所以他们的理论自觉非常早，可以说具有某种原创的"结构主义本土学派"的意味；同时又因为注重"人本"，在与当代社会历史之间的互动关系上，也更为锐感和有效。这不但使他们的写作具有了哲学的实验意义，而且还具有了人文主义的伦理力量。简言之，在语言的自觉——或者"语言本体论"的诗学观与"介入式"写作（如周伦佑在 1990 年代初所提倡的"红色写作"）两者之间的平衡，使"非非主义"成为当代中国众多诗歌群落与流派中最显赫的一个。

关于"后非非主义"，我尚无力给出确定的说法，但至少有一点，它在传承这种平衡方面也非常自觉，同时也在适时地回应着最近十余年中国的历史与现实，当然也参与建构了当代诗歌的历史。孟原的写作，从开篇我引用的这几句就可以看出，他非常自觉地传承了上述特点，成为穿行于"文本"与"人本"之间、语词与现实之间的诗歌观的最新实践者。

但至于他所说的"白银"是什么，我有些犹豫，或许就是如我所说的这种文本与人本的合一之境？也许我应该细读一下孟原的各种文字，找出一些可以诠释的依据。单从这首《怀抱白银的抒情者》之中，隐约可以窥测其含义。或许，它与俄罗斯"白银时代"的白银有着某种拟喻关系？也未可知。一如十九世纪中叶至苏联早期，俄罗斯文学中曾经历过的"黄金时代"和"白银时代"一样，白银象征着某种原型的价值，首先是珍贵，而与黄金相比，或许又更接近平民和日常；同时它也隐含着在逆境与苦难中所持守的高贵的精神。白银时代的苏联诗人一直也是当代中国诗人的精神先驱，或者是他们所仰慕的精神背景或人格标尺。从孟原的诗歌品质与所含纳的精神气质看，他之所以如此自况，首先应该是体现了他对于价值坚守的一种态度，其次是有可能表达了对于白银时代诗人精神的一种崇仰和追比。

2

在有限的篇幅中，我争取大体上谈一谈关于孟原这部诗集中的三个部分的印象。

粗略看，"三部诗"刚好体现了孟原写作的三个主要领域或者方式。其中《爱你是艺术的另一种形式》基本可以归为抒情诗，主要是表达爱情的部分，或者通过爱情的表达来展示其写作中唯美、柔情的一面，其古典化的一些意绪。这些诗中孟原不惮于其纯情式的、浪漫的——虽然也包含了现代意义上的"身体性"，但总体上又倾向于"柏拉图式"的情感书写，令人印象深刻。其淋漓尽致而执着专一的情感志趣，令人感动并遐想不已。这部分我除了说"好"，确乎难于做出更具体的描述。我只能说，在现代诗的条件下，爱情主题的书写已产生出另一种难度，即抒情话语的建立与当代性语言的前所未有的"杂质"之间的矛盾，因此诗人欧阳江河曾提出"异质混成"性的写作，即是针对这种问题的一个策略。诗人必须要小心地绕开"传统抒情语体"所面对的各种可能的抵牾甚至颠覆，以不至于使纯洁的语言"变酸"。但是孟原把握住了，这非常不容易。我相信他之所以顽强地要在自己的诗集中嵌入这类主题，并坚持了语体的传统性，甚至某种意义上的"正统性"，确实是因为有某种的不得已——我的意思是说，孟原确有真挚且丰富的爱情经历，并有效地避开了某些可能的陷阱，写下了令人感动并艳美的句子：

> 我捧着泪水
> 这一手的水晶落满大地
> 打湿了整个三月
> 我不知道怎样表达对你的爱
> 这黑夜私藏的晚风
> 也无法吹过我忧伤的侧影

这是他的《想象爱情》中的句子，这些句子铸就了他诗歌中抒情的主调，高频率地出现了类似"泪水""大地""爱""忧伤的侧影"这类词语，还有诸如"婉约""思念""爱情""月光""白雪""红烛""古典""仰望""玫瑰""伤痛"，等等，以此构成了他富有蕴藉和美感的隐喻系统。但不难看出，这个系统是从现代的闻一多、戴望舒、艾青，到当代的北岛、顾城、海子等都曾部分地使用并最终构成了其经典性的隐喻系统，只是在孟原这里再次获得了精细的展开。

> 我必须把红烛点亮
> 为你选一只古典的鹤飞进我的词语

古典的鹤也飞进了他的词语。孟原巧妙地转换了这种关系，即，不是他"硬性"地要使用这套古老的语汇，而是那些古意不由分说地氤氲、散布，并嵌入了他的诗中。至少在我看来，他确乎冒了很大的风险，但非常值得。因为说到底，词语即立场，这类修辞帮助他建立了自己有教养的"好青年"而非"坏小子"的诗歌形象，对于爱情也坚持了古典式的严肃态度。这至少可以表明，如果"爱情"在现时代还确乎是存在与合法之物的话，那么从诗歌人格的角度，严肃和认真的态度仍应该是不二选择。

而且，孟原之爱情诗中，抒情并非总是占据本位，他常常也沉湎于刻意的"虚拟"，然后进入某种"不及物"的讨论，即不是表达对某人的爱意，而是讨论"爱情是什么""如何爱情"，甚至是关于"怎样写爱情"之类的问题，这就常使他的诗进入了"元写作"的境地："我书写／只是为或长或短的呻吟／像有一手反抱的琵琶／从词的这头漫过来／不惊呼，也不叹息／在安静的透明里／彼此端坐……"（《在纷扰的词语里安静片刻》），这种趣味和处置，有效地中和了之前所说的"纯粹抒情"所带来的可能的单质化倾向，使孟原的作品获得了一种必要的平衡。

3

栅栏排列着兽的思想
在围困的饥饿中
你用目光思考飞禽
向自己的悬崖致敬

很显然，与第一部相对应和对照，《现象学》是以哲学性思考为主的、智性与观念写作的部分，而且与现实也保持了较大的摩擦力。某种意义上，这两部分可以理解为是互文的，即在互为参照中彼此建立起互相依赖的合法性。或者说，假如没有前者的纯情和唯美，这部分坚忍也就无从超越；假如没有这一部的复杂，前者的写作也就失去了应有的背景和支撑，那就显得单一甚至浅薄了。

而且，在这部分中，现象不止是外部的，同时也包含了自我的态度和属性。与大多数存在主义哲学家所秉持的一样，"我"在这里是一个失败者和孤独的个体、一个加缪式的局外人。这与第一部分中那个几乎是纯情的"好青年"完全不一样，"我"是"病人""精神分裂者""群众的敌人""循环的罪恶者"……然而正如黑夜是属于智慧女神的时刻一样，黑格尔告诉我们，哲学就如密涅瓦的猫头鹰，它不是在晨曦中迎着旭日出行，而是在黄昏的黑暗降临时才悄然起飞。因此，孟原也因此而获得了一个智者的复杂和多面，有机会成为哲学或存在的幽灵之物的替身。

在《反对友谊》中他写道：

> ……
>
> 我给上帝提供了一个借口，于是
> 我被定为精神分裂者
> 我最终成为孤独者
> 成为群众的敌人

孟原笔下的现象学，同时也应是一种精神现象学。显然，诗人是在"研究和反思"现实，而非单纯地"陈述和表达"

现实。而且重要的是，孟原的研究对象并非是纯粹对象与客观之物，而是同时存在于个体包括"自我"的内心之中。这一部分中，孟原仿佛摇身一变，成为现实中的一个复杂纠合体。

"那至善至美将在你的目光里繁衍/你趁这善美时光的来临/运用光的法则抗拒腐朽/用你的呼吸把繁花吹落"（《毁掉时间的轮子》）。"你与世界相互误解/你终日拥有一颗不安的灵魂/被围困在罪与恶的栅栏中间/趁你的山河还在，就在竹篮中/放一段凄美如玉的词/盖住谋权的弯刀"（《你囚一身的罪恶》）。在这些作品中，我们都可以明显地看出诗人对于美善的捍卫，以及对于自身矛盾的坦然披露。

无论如何，这些都值得称颂。

4

这具器皿：我头骨的幻想

是盐和它盛满的血液

我举着头骨

寻找钻石、符号和标点

像一片绿叶闪耀春天的颜色

这是类似于海子史诗中的句子，也是带有上个时代的"整体性"语言特点的——或寓言意味的句子。

在这首开篇的《献给汉词·一》中，他创造了一个具有自足意味的诗学概念，一个叫作"汉词"的词，让我们看到了一个更具有玄学意味和"元写作抱负"的孟原。显然，这一部分主要是来阐述他关于写作的本体论观念的，"以自我创造锋利的词毁灭自我／每一次毁灭就是一次伟大的完成"（《汉词·一》）。仅凭只言片语，我尚不能清晰地把握，但是凭着某种感觉，我体悟到，孟原有着"语言（词语）本体论"写作者对于原始物力的信念，有着某些对于绝对观念之支配性的崇拜，这些都来自二十世纪八十年代，来自海子诗歌中的某些精神遗传。但与海子相比，神灵的东西在孟原这里少了，主体的魅性体验少了，但是智性的分析与担负多了，这是他们之间的明显区别。

《怀抱白银的抒情者》这部分内容可谓驳杂。后面有许多关于历史、各类地域风物的抒情诗，但如果简单一点看，我更愿意将之看作是其"元写作"的一部分，是作者以诗的方式来讨论诗歌写作的诸多命题的部分。"汉词""长卷""刀法""小楷""声音""楚辞""精神""白纸""虚构""铭文"，等等，这类词语充斥于其最重要的诗作的行文之中。

我在想，这或许就是"后非非主义"的观念核心所在。一方面，纯粹单向度的表达在它们这里被质疑、被研究和敞开，这是"元写作"的基本特点，也表明德里达式的对"关于存在的形而上学"以及"逻各斯中心主义"的怀疑，同时也通过理想情怀的凸显，以及对"人本"的强调——如海子式的主体人格崇拜在写作中的嵌入，来实现写作的意义。这是一种比较典型的"古典与现代的混合"。"后非非主义"的意义与悖论，可能都同时存在于其中。

但写作的丰富性与现场性，以及写作本身的各种有趣的问题，也由此得以彰显。比如，孟原在抽象性地讨论写作的各种问题的时候，也刻意还原了写作的人格情境，这一点是很重要的：

>……
>死于一首凄凉的词
>这也许是你过去的岁月
>踩碎马蹄的皇族，雕饰悲情的冬雪
>你的词盛满竹篮
>入宫廷之墨迹，绘江河
>沙漠即落尘，写自己的帝国

这是《词的南方》中结尾的几句。多少前人诗歌中所渲染过的那种"古典情调"，在孟原这里被再度刷新了一次，它显示了作者对词语之根的执意的偏好，当然也将自己的写作汇入了前人的历史。再如——

>我带着祖国或民族的声音
>靠近苍茫，在林荫的思想里
>回忆楚辞，在一条幽暗的小道上
>滴下孟子的语，这是我的精神
>燃烧在词语之外，宁静如水银
>我手捧波纹的丝缕进入传统的子夜

有时未免过于庄严了些。但这些句子，同之前孟原的诗交相印证的话，就会成为我们阅读他的一个必备前提，或者注脚。由此我相信，加入"非非"，孟原绝不只是要赶一个热闹，或为自己加一个标签，而是确有其观念与抱负。你可以认为这些关于词与物、言与意、写作与文本、身份与言说等问题的缠绕，在现代已难以成立，但毕竟他的反思与悖谬的理解也贯穿其中，不断显示着其自我的怀疑与颠覆。

基于这一点，我认为如若再单独谈论他的诗艺，大概也是多余的了，因为语言和写作本身的问题，在这部分中已悉数彰显。我想说，他所有可能的弱点与问题，都已自行解决了，我们所能够想到的，写作者也早已想到了，甚至已有了自我分析，我们除了"同意"，亦别无办法。这便是"元写作"本身给阅读者留下的难题，也是一个完美主义者在现今通常具备的特点。

5

与诗界友人的交往，常常是先认识了某人，然后才认真地读到他的诗，或是读其诗再"想见其为人也"，后来有机会相识。虽我读孟原的诗已多年，却迄今还未见过他本人。未见其人而读其诗，读不懂是有可能的，而若是读懂了会有两种情况，一种是更"客观"和准确——如同"新批评"所主张的，文本与人完全可以脱钩；另一种便是，即使没见过人，文字的交往已使人成为老友、旧友了。记得两年前，我曾给孟原所编的一部青年诗人的合集写过一个序言，对他的行文风格与方式早已有所感知，这次再读，更有几分"读其文，想见其为人也"的意思了。

其实说白了，所谓"想见其为人"，无非是因为诗中有"自我"，有写作者鲜明的人格形象，而有的人却没有，有的即便写了"自画像"，也显得虚假或者含混，令人无法或不屑去想象。而孟原的诗中却有着一个至为清晰的自我形象，有一个智性而又执拗于情感的好青年，也有一个幽深而能言善辩的思索者。其诗中的率真与自我，多情与决绝，都可以看作是一体两面的构造。他的诚恳和多思，深刻和唯美，都在其诗中暴露无遗。

但这毕竟都是想当然的，他到底是一个什么样的青年？我还是只能想象。只有一点是可以肯定的，这确是个迷人的问题。有时我也会想，为何到现在还没有见过孟原？这是个问题，或许是机缘巧合的延宕，抑或有某种无意识的阻塞？因为走近一个完美的人毕竟是件令人踌躇的事，或许这是我们迄未谋面的一个主观原因罢。我常想，人的天性是懒惰的，有时我们宁愿去读那些有缺损的诗，结识那些更有缺陷的人，而不愿去接近那些可以得获教益的人，因为那样的诗与人会让我们觉得更为浅易，或更具有某种"观赏性"。

当然问题也可以反过来，艺术永远是一个辩证法，浅易的或者粗鄙的，在对立和对应的意义上也同样不可或缺。从这里看，我倒希望孟原的诗中，再多一点与精细相对的粗糙，或与唯美相对的俗气，与庄严相对的自我颠覆，总之，再增加那么一点点"自我的戏剧性"，再松弛一点——尽管他有许多已经足够松弛和完美——哦，对了，再少一点完美，或许会更有意思些。如同他自己说的：

诗人之间不说诗，只说幻想

多超凡脱俗的境界啊，可接着他就又说了："时间的暗道洒满汉词，我将倾泻我/中心的白纸，向历史出发……"没办法，这就是孟原，认真的、执着的、一条道走到黑的孟原。

但我得说，我最终还是更喜欢这样的一个孟原。粗粝的、粗鄙的、粗俗的写作毕竟太多了，我们今日更缺少的是孟原这样的写作，这样的诗人。

末了，还要交代一下，这篇序言之所以难产，除了手头事情忙乱的原因，踌躇再三难以下笔也是一个因由。因为一旦感到他的复杂性，其诗歌内容的庞杂、巨大与内在，其所涉及诗学问题的多杂和困难，我延宕与磨叽的毛病就犯了。表面上是性格缺陷，实则也是判断与分析力的匮乏所致。而且就我而言，还有一个难治的毛病，就是当找不到一种匹配的语调与节奏的时候，也同样难以下笔，迟疑不决。

今日总算勉强成文，聊以交差。善哉！这意味着我这个酷热难熬的夏季，终于看到结尾了。

2018 年 8 月 13 日，北师大京师学堂

目　　录

第一辑　怀抱白银的抒情者

第二辑　现象学

第三辑　山河细小

第四辑　爱你是艺术的另一种形式

第一辑

怀抱白银的抒情者

献给汉辞

我的头骨被钉在钢铁的汉字上
像一尊雕塑，结构傲然
金属的目光，散射在无边的大地
瞩目山水流动的记忆

我悬挂在时间的窗口
病菌的村庄和叛逆的城市
是我头骨里制造的大剧院
在疼痛之后
正处于汉语材料的具体运用
我是一具悬空的头骨
以飘浮的状态书写生活

这具器皿：我头骨的幻想
是盐和它盛满的血液
我举着头骨
寻找钻石、符号和标点

词的南方

在长卷中，你低吟的声音
宛如丝绸，重于蝉鸣
挽起风的呜咽，你正准备入睡
是谁轻敲了你的脉纹，流向水
靠近光阴的岸。这是宋朝的梦
弯过河道，月影清疏
你把步履放慢
回头望一只低飞的鸟
困入水巢，沉于波涛
死于一首凄凉的词
这也许是你过去的岁月
踩碎马蹄的皇族，雕饰悲情的冬雪
你的词盛满竹篮
入宫廷之墨迹，绘江河
沙漠即落尘，写自己的帝国

词和刀法

放下刀的手
被修辞镀成杜鹃
灿烂我身体的山河
等黄金的季节回来时
我只是一束放大的火焰
照着古人书写的句子
我忘记了语法
我穿行于流畅的词和词
我在展纸研墨间
一刀的古朴
回归我的小楷
这最后一笔
递来的娇嫩传统
是对刀的运用
深刻，而不见力的痕迹

刀的刃
未必有词的锋利
切割我肉的时候
我只是鲜血淋漓
未必切割到你的用意

词的碎片不需铺设

不需缚上针尖

我便锥心刺骨

伤痕累累

刀是词的另一种尝试

是两种技法的相互转换

刀终会钝成词口

我留在此处

无法辨认

汉　词

一

我带着祖国或民族的声音

靠近苍茫，在林荫的思想里

回忆楚辞，在一条幽暗的小道上

滴下孟子的语，这是我的精神

燃烧在词语之外，宁静如水银

我手捧波纹的丝缕进入传统的子夜

如此，诗人狂想

在悲剧的步履里拥有国度

以自我创造锋利的词毁灭自我

每一次毁灭就是一次伟大的完成，笔迹在纸上

遗留墨水的波澜，诗人集体死亡

集体出现，死亡与出现之间

并不隐藏什么意义，一切可以制造

一个词、一行诗或一个段落结束

二

诗人之间不说诗，只说幻想

时间的暗道洒满汉词，我将倾泻我
中心的白纸，向历史出发
沿着铅迹呐喊、悲歌。我被传统拒绝
所以我要深陷古典，去祖国把西方放弃
我成为水晶和具体琉璃。传统，现代
当下，这是时间的三颗眼睛
在黑暗与光亮里落入汉词
汉词的暴动在我的一侧开始
天空遗留死亡之后的精神
是鸟的，从北方
到南方飘浮的蓝羽毛。也正是这群飞翔之鸟
让汉词在我的内心深邃，变得多情
词对词的凝聚使自己沉降，从东到西
覆盖山河与岁月，以语言保持传统
舞的身影在墨水里发声

三

我还记得第一次冥想，鹤的站立
是一个词的运动，鹤的飞翔
是羽毛的敞开，中间充满空气和想象
将穿越一国到另一国
一瞬到另一刹那，无论是流浪还是漂泊
都带着祖国的血统。汉和词没有疾病
汉词与汉词相互默契，也许更轻
也许更重，也许这一切蕴藏在某片

隐秘的羽毛里，让无知者
更无知。这是我的第一次猜想
被汉词停顿，又让汉词沦陷
伤口越裂汉词越多，我的一转身
又回到汉词起初，带着鹤的重现
以水为主题肆意流淌，流出诗
流出爱，流出多余的岁月
和鹤

献祭或退守

衣袖拂过钢琴的声音
停落在婉约的月亮
我对长风独吟
唐朝或宋代
枯枝为骨　寒霜为史

草乱了，我身在王朝
在黄铜背后，在盔甲中央这
是我的古代，金属的岁月把
铁骑扔去，江山还在
但我的皇冠破碎，在荣耀之下
我的承诺变为背叛，毁灭石头
让"一切"远离我所表达
我的白纸一卷接一卷，是诗人把
修饰和词语颠覆

已经是第二年了
与我一同归去的雪花落得很晚
祭献或退守
在一簇雏菊之间燃烧我的理想
我的火焰把镜子照亮
闪烁出玻璃和瓷器

从虚构开始

我写着你天空的颜色。灰白间
波光让你飘移，水之上
有你飞翔的姿势。或许这时你的笔
触及了大地和你周围的旋转之物
你进入你的线条你的布局
你狂野之下小心的冷漠，你无声
你带着一切声音进入你的世界
黑与白，动与静，上与下
这些都是你勾勒的精神
比一只飞鸟更有意义
你的目光放飞一切又聚集一切
你回到你墨迹的深浅间舞蹈
瓦砾翻转，房檐起伏，小桥皱褶
我看见你的画，我在其中
我是你虚构中动的那部分

在杜甫草堂，想起

从草堂的南门，从我的岁月
从我古老的话语，从我经过你的屋前
回忆你的月亮，破碎你
生活上空的蔚蓝

当水的暗纹或落叶被风掀起
绕过楼阁的谦卑时，我在纸上
走向你的伟大或死亡，你成为波澜
同时沉入思想
我多愿在你的寂静处倾听你
一缕芬芳溢满古代
我走向孤独

此时。我遗忘了你的月光
因为月光的柔情里有你的回答
你的痛和恨，你的漂泊和放弃
在草堂，在我的摇篮里
刻有你的碑铭

朗　诵

烛下的夜晚，适宜
辽阔无垠的纸面疆域
字迹潦草，思绪漫漫
逝去的黑暗无踪影
光亮太清晰
只有忧伤的灰烬栖息于
瘦美幽谷的汉词之间
我朗诵
只为吐出眷美的麦田
为达到怀念春天
以后的那些季节

我听见
正遇时间生巧
我口无遮拦
把今天延续
坠落在尘土
像我呼吸此时的空气
无慌张无恐惧
安然小茶绝对的飘逸

我所朗诵的伟大
和沉吟的语音
把冬，把左右
把破碎，把玻璃
把玩手中的具体
都可以看成
啤酒上面的泡沫
并低于白酒的度数
我出现，是为之担心
我消失，是为之放纵……

回答祖国

开篇用声音回答祖国
玫瑰色的年龄，从高原低至江河
热血卷入图画。双手捧起疆土
拯救或是创造，大地永恒的沉默

四季都是乐章
拿什么来吟唱经典？从春天直至冬日
时间镌刻不朽。不可停止的声音
用蕴积多年的汉辞言说昨天
关于你的，还有国家
唯一而水晶的梦

实验者
在暗淡的灯光里虚构自己的影子
而创造者
正在分担祖国母亲的忧愁

二　月

时间继续在剥落，那些寓居海外的大鸟
越过云群叠起的城池，飞翔在蓝天近郊的
殿堂和阳光的中心位置之上，作为鸟
从姿势到神秘的产生，都有一种高贵的
饰物相缀。如舞、如音、如一位依纱的天使
带着神灵的微笑和春风润物的信自由回旋
二月也许就是这样，总是以火的温情拥抱大地
回答欲望释放的感觉，绽破玻璃内深锁的风景
遗失伤水银白的王国。二月挽救的一切声音
停落在钢琴的道路上，我手握琥珀的玫瑰
也以同样的方式告诉祖国，二月了
我猜想的王子已经到达，正骑上白马
完成石头的古典形式

谈话中：生命总要完成

从长亭穿越绿林的梦处

一扇玉香的阁转入古或色的墨

怀念形如淡蓝

三月想到了二月的小雪

似波涛，推向山巅的月亮

黑暗制造了银饰的部落

我们回到当初，回到童年忆起的摇篮

在深巷我们相遇

我们面向花间，谈：

草屋所破

燕子归巢时的启蒙

灯火阑珊

一束来迟的影子……

我们围坐在同一理想的光源

含聚所有岁月重塑的面孔

沙尘落满我们的语言

我们彼此感伤，又从感伤起程

我们在这遥行的路上举杯庆贺

没有告别只有临行前的赠语：

生命完成了生命

命运交给了生命的我们

独立的我们，孤独的存在

对立或决绝

我一直在渲染
渲染成对立面
渲染成黑白
渲染成纸的燃烧
漫延的长途抵制到达
缩为水

起波澜并不能替代
摇晃
远方的
谎言比事物真实
你是我此时的信物
作为今生交换
这是可喻的面具

若是若然
杯子在玻璃的实质里
跳出来
不带水
也不要带铜铁
和土

说到此时
闪烁下坠的虹
周遭了挣扎
明亮并洁白
有矿的成分

翻过来
我是
纸的两面
决绝

白的寓意

我忘记前半截岁月

才变得轻松自如

身上的羽毛也才不会

被生活中的雨水打湿

我想飞的时候飞起

想停落的时候停落

我随手捏一捏不多的青春

看看重新鼓起来的风帆

还能航行多远？

多远又有多少

意味深长的人生寓意？

在秋虫的鸣声里

只有一份答案：

赶紧蜷身御寒

那片不属于春天的花朵

像死了又死的白

无论怎么呼唤

只是白在白中

重叠了更深的冷，冷

不是梦中绝望的表达

月光照过来

也是一片欲睡的火
我的词句不能首尾照应
就如我的人生已白
也不能首尾照应一样……

人生几米？

我不管你是什么人
此时都不要沾染尘世
灰尘跟着你
翻开了声音最沉重的沙哑
我问你，你默答
那序列中的排队
掩饰面孔和不屑人间的佛

你去做人间的善事吧
我已经爬过早间的白发
那寒山寺的钟声
隐约被你停
那灯火烛照的香烟
已被你无影
已被你反复叙述
人道之下苍白的茶
映了我的无眠和海

抽出象征来
你说我是虚无
我悄然在空影笼罩中

背叛并孤独滑落
除非你放下手中的灯盏
黎明才不被扩大
无限的想象，我的袖口
也才能藏住西风
也才有风不停地吹
才会把我的身体吹凉

我拥有的岁月越久
旧事和旧东西就越多
就越感时光沉重。所以
我喜欢吟着小曲的秋雨
它慢慢把回忆的颜色
一点一点清洗
回忆的高度
被雨水下降那么几米……

诗　人

你总站在可耻和伟大这边

忽隐忽现

不断把温柔刻画成仇恨

把罪恶放在刀刃

你的时间留给精神

去摧毁石头

和观察自己的弊病

十月，孟原

对不起，十月
我比你更小
更有小的相挨
触碰虚的拟定日子
光华下来一寸
我伸手捧着的是旧爱
你此时绝对无所谓
说好的时候，你在对白
说坏的环绕日辰
总有黑白相间，缝隙处
你穿插过来
我握住可低可矮的人言
但，你我身处光明
总会被黑色照耀
这是归处
墓地不属于墓碑
刻着的字体渐渐在流逝
所以我们记住烟火
记住不必向人表达的怀念

以爱的名义……

2008 年 5 月 12 日　14 时 28 分
轰鸣，慌乱，颤抖。四川
悼一个瞬间，生命远去
鞠躬与默哀之后，整个世界
正经历一次生命的抵达

你在悲痛，我们也在
但我们不要哭
我们在一起
在以爱的名义搀扶在一起
正沿着爱的道路奔跑
一路上，以绿色为象征
红色在舞动，白色给予吉祥
随处都能听见生命的声音
悲泣、呼唤或呐喊
我们把所有的内心变成水晶
雕饰在通往生命的长廊

崛起或鼓舞
血与骨头凝结的
某种力量，把顽石摧毁

把灾难驱赶，把交给你的
还有我心中传递的精神燃烧
最后化为温暖，变成信念
就像春雨刚刚过后

臆想之鱼

你倾听水流的秘语
你的深渊在中央
用一架巨大的钢琴演奏曲目
声音落在水面的翡翠里

这一层月光秘制的丝绸
覆盖你神秘的内部
起风时
推开水的情史
把鹰的爪和翼仿写在水里

洞里萨湖

穿过一片水域

有不经意的快慢

舟的破水，离间了

渔火轻问的堤岸

有一户人家

弯腰拾起竹排

是生活，推着

进入暗波内部的网络

一铺网线沉陷湖底

相当于现在

我落于你的目光

打量着

互相怀疑彼此的身份……

一个人的马尔代夫

这是我故乡的南方
但比故乡更近
在这里可以怀念我的村庄
已逝的老人和久违的土地
在这里可以还原自我
闭上一座城市的眼睛
如果河堤溃灭，不要紧
我可以从心灵这边出发
去获取一份信念和一片
静谧的阳光。在这里
是一个人的马尔代夫
我不用去分辨人畜，去区分
大地或天空。该睡眠了
世界依然睡眠。马尔代夫在左
故乡在右，这就是我的目光
接触到的所有

夜的海上
波浪卷走一些沙子
留下一岸月光
我，一个陌生的男人

站在弯弯的海港

练习祖国的口音

新加坡

从未知的地方到南国

海域是一种相遇

国度成为秘密的隐私部分

这才刚刚开始

语声的浅湾在低层处，我

一个声音在偶然后转换

雨的淅沥把我送回故里

忘却的伤在遥远的枯枝

像古代的眼泪沿袭至今

敞开或禁闭

我在想爱尔兰的笛子

西方是一个人的记忆。此刻

我借他的哀愁倾诉两片幽暗的生命

在孔子的东方一遍遍论述

微笑知道祖国的传统

爱是保卫的革命

我每天聆听绿林的声音

抛弃岁月的荒芜

我可能是你

想着：海上生明月

我把普州抱在怀里安睡

普州不大
刚刚能放下两条河流
放下一阵春风吹来
李白的那轮明月
放下贾岛的梦
普州不小，一只蝴蝶飞起
羽翅打开，刚刚充满世界
有唐朝光阴，还留有
宋时的情怀
普州也无所谓大小
是秦九韶算过的普州
刚刚好

今夜，我翻过墙土
进入你的围幔
这里已不见灰尘
只见一尊尊静坐的佛
佛朝柠檬花开时
总有一粒花籽落下
总有一句佛语念我回家
普州是漂泊者的故乡

是卸下行囊时的灵魂
就如
柠檬有自己的酸处
也有自己的前程

普州，我来亲候你时
你是柠檬花下的娘
不大声也不小声自语
说土里的害虫
说这里还有冬天的雪
说妹妹早晚要出嫁
说三月坟头上的清明……

娘呀
你已说干了我的泪水
我的眼里流出无数只蜜蜂
慢慢把你多余的花粉带走
选一个好的良宵酿成蜜
蜜的甜意就是你对我的祝愿
今夜，我反过来爱你一次
我把你抱在怀里安睡

散花楼之一

傍依水岸的古典，我同阁楼沉默
在灰暗的语境里我一声叹息
隐失在静秋的水波间，我被水幕淹没
正如治愈我的疼痛
在阁楼的伤口处留下我的自画像
我从此永恒，我的语言击碎玻璃
散落在无边的大地成为银色
一只蝙蝠在羞怯的月影后跟随我的步履
在风的柔情里翻转，像蝴蝶的姿势
颤抖世界，像我的姿势
坠入愁苦。蝙蝠使我退守阁楼
跌进玫瑰的幻梦，落在她的怀里
月光给了我一身的丝绸。可能夜
将粉碎我，粉碎我一生的疾病
我获取的力量在波心流出
流出我的眼泪和死亡
我闭目，双手重叠
掌心燃起火焰

散花楼之二

水边缘是楼的侧影，一层断裂的波纹
几乎把楼的整体活在水里。这面镜子
之王，将要以事物的真实描述虚幻
白天加水的努力

楼的内部几个人上上下下，两种声音
在玻璃的另一面关闭，那时，
阳光正落在下午六点，闲静
不能排除一只鸟儿的简单飞越
雕花的栏杆，楼的顶部
借着物体的美
我太想说明我身体某个部位的疼痛
每到黄昏时分，我都忆起塔楼的旧
那是时间里的东西，我同别人一样爱着自然
就像现在
杯子和铜壶把老人照进茶水里
观楼的人今天递给他明天的命运

坐在岸边的我
一只眼睛在水里，一只眼睛在岸上
这是两只独立的眼睛，视线保持平行
等到目光汇聚，楼内早已敲响沉寂的晚钟

因为梦

因为梦，我常陷入深渊
每次在梦中都会遇见美的盛景
青春、爱恋和自由的舞蹈
一切在宣泄的声音中寂静

因为梦，我显得不那么真实
就像躺在床上度过玫瑰的夜晚
把自己托付给月光下的人
我的浪漫同被白天遗弃的播种者一样
喜欢土地里生长的麦穗

我在梦中找我
我是我梦里的路人

移走的时间

到最后我什么感觉也没有
因为阳光
我从大地缝隙口走来
我脚步遗留的地方一片静寂
就连水流，都轻声退回石岩
一切存在的飞翔都在慢慢降落

到最后我已越过天空，我停止
在雪山之顶，在峰峦中央
在石头燃烧的火焰内心
我从一种声音震颤的高处跌落
以一种大鹰盘旋的方式跌落
我孤寂在冰山之巅，能向谁表达
这些与我命运一样深重的下落
真实地从高山之巅陷入谷的腹心

移走时间吧
我在黑暗中看见天空已破碎
彩虹断裂的伤口同我一起
进入大地最后的星辰

鱼

这是前朝的鱼纹，大地的作品
暗波已经隐退，大海被银光包围
死，属于婚姻的晚期
第二次拥抱拒绝的来临
天空是鱼纹的尾部。云雀从鱼腹划过
这并不象征什么。鱼
在水里
在巅峰
在玻璃的深处
一件事正在发生

归田的人

你和行囊带着那片忧郁的景色
在鸟群羽翼的翻转中离去
抛弃土地的悲伤与你的栅栏
准备去爱酒精同香烟的日子
你的南方蕴藏了很多小小的谎言
从嘴唇的诱惑里说出蓝天
和城市的夜生活

等几年

你用手中的黄金掷向爱
和自己的闺房，虚荣，或你酿造的
疼痛的情人。正临这麦穗的季节
你想起你的童年和坟墓里
等待你归田的人

乡　愁

不知笔触到何方
纸面太荒凉
城市可能会慌张
我也有
青山绿水的村庄

爱一个时代
我显得很小
我不小心
与一片落叶相撞
彼此生疑，背对远方

秋是未知的海
总带上蓝色的忧伤
我枯坐城市中央
而心生的波浪
浸透在纸上……

春天，去眉州

春天来了

他们说花团锦簇

我喝茶　晒太阳

却只看见一支花

为追求人言的繁花

我乘车　赶路

抑扬顿挫叙述东坡

一个半时光的车程

到眉州

我下车

一只蜜蜂想蜇我

抒情已经没有感觉

也卸下现代性

我来都来了

总要说点什么

雨水太湿

聊东坡的人太多

三苏祠早入史籍

春天的江山又马不停蹄

我困倦

我手捏一个湿润的夜晚
也难睡着
我突然热爱
习以为常的生活
没有爱情的日子
没有春天的日子

樱花序

樱花不是桃花，不是梨花
更不是东坡或孟原。樱花
是三苏祠里的一场雨
潇潇下
不惊新人，也不扰旧人

樱花不是雪花，不是浪花
更不是烟花或心花。樱花
是宫苑廊庑尽头的柴火
燃过秦汉，烧过唐朝
火焰布满一个国家

樱花构筑的摇篮
摇醒了皇帝
摇进了苏家庭院的书卷
染过民间田舍的那些粉色
是花朵侧影里最远的天涯
但都在同一棵树上

风低过樱枝掩映的渴望
落于短暂的花序

一个寻春的人
在静默的闭目里
抽离出发际的雪
投印于墨写的高枝

樱　花

你首先是到达
而不是盛开，其次
你才是花朵
一阵风过来
你被隔水的倒影误入
落在青苔上
只有忽略美的虚拟
你才有微笑晴朗的样子

回到老屋

回到老屋，打开了画
布景搁浅在童年
我看见古色的屋檐
滴下记忆里的雨水
透澈的一颗
让我此时无声
一个男人坐在阳光底下
被那些带伤的文字吸进去
又被硕大的汉辞囚禁其中
在人群的荒野
抽象出金旗和战鼓
把两个世纪里的孟原
燃烧成同一束火焰
染一片山河，记一段家史

病　房

5 月 27 日
我从胸闷的早晨呼吸城市的空气
同样搬动昨天的身体。在劳动之后
我静寂的心灵出现恐慌，红的颜色
通过口的叙述点染白天。我惨白的脸
把酷热的盛夏反转成冬季，从一个词转向
另一个字，心跳凝重

两个人，是我的救命者，鼓励我逃离死亡
出租汽车。单行道。建筑的主体部分
医院。急诊科。304 号病房是指定给我的
从白衣到墙是白色感染的环境，门之遥
是生死之遥，死亡与复活就在墙的两面
此时我在白色中间

五分钟过去
护士在玻璃的刻度上，看我的温度，笔落下
一段简单而温柔的曲线描述病情
我等待病理，去证伪死亡
我透过玻璃窗观察，天空依然倔强
一只鸟儿正奋力飞过，不留下声响

我于目力所及之处，重新发现了生命的力量

一种生命的消亡是
一种精神的成长

深渊的表达

古代的器皿曾被火燃烧

我查阅它的冶炼地在中国

在大山的最深处开采

其中有金属和石头深渊的表达

它的渣滓反映工业

青苗无力生长，和我一起被掩埋于废墟

透过理性的缝隙露出头颅和嘴

向一只乌鸦诉说我们的压抑和愤怒

我收起我阴沉的侧面

叙说铜的提炼过程

（在混沌的世界里洗身→

喜悦的火浴→铜、铜渣残液或

其他分离→获取高贵的封号→铸鼎）

从这里，我不知道自己理解了什么

偏离了什么？

我的内心南移

在《非非》第十二卷的首语处

解释我的羞怯和恐慌

这时出现的铜是我思想里的一个物

一种简单的例证

铜被我广泛应用，在国家的中心

矗立，并压倒一切

飞　鸟

鸟是我一直的幻想

羽毛留下云和风的对话

飞翔是一次归来

在林间有破碎的跳跃

你站在时间的伤口歌唱，唱出

一片枫叶的火红

一片稻子的金黄

穿越这些词语

你即将飞走，用翅膀

去测量天空的高度

鸟，与形式

我直视中的鸟，乱羽毛

上升或下降，行为飞翔

延及深层，红的喙

穿击空中的玻璃。水的镜子

映照我喉舌的部分，反吐

整齐的词句，就像这只鸟

飞击两道曲线

空幻而侧身降落

声音的尾部擦着叶片，如激流

呈现冰状的绒冠。虚的

图像，映照水波的死亡

另一只白鸟黑的火焰

在水泥房顶的高处

从鸟的真实到形式的虚构

线性树根抽空到树巅

反飞的姿势

鸟的变化系列

之一

鸟在我眼前
试验自己的身体。晴空里
羽毛脱落，坠下，肉体飞翔
模糊的过程，我数着次数
上升或下降。我自己是天的
另一种生物，试飞在一片工业地带
坚持用汉语说话，拿阳光
比喻我身体的郊区部分，一条水
又多一个转弯
此刻的这只鸟滑翔或跃起在麦芒之上

几个月过去
这鸟儿飞动的空间将屯集粮食
农民举起生产大旗，高插在白云之上
亲手叠一群纸鸟
越过天空孤静的中心
停顿在蔚蓝的边缘
或秋之叶片围绕的城堡楼阁之上

去纠正飞鸟翅膀的行为。天空
与天空之间，气流分散的路线
是鸟儿射击天空的弹道
我在十月守望，阳光的阴谋里
鸟儿成为一幅风景的败笔

之二

飞鸟盘旋，绕着墨写的高枝
俯身探寻风暴之眼
鸟的历程，映射青铜和小麦
坚硬的物质状态，抽象到鸟的翅膀
羽毛对天空的反叛
鸟试图用韵脚
驱赶一群豹子走过云端
从树的根部延伸到闪电
惊雷急切的吼跳，风
暴力梳理大树和飞禽
所有细节在飞鸟的回忆中闪现
但鸟已飞出密林，掠过了高山和秋水
一切依旧。最多用力抖颤一下翅膀
动作显得沉重。一个鲜活的意志
以舞者的身份
坚持与天空战斗

之三

鸟
我眼前飞过的几只
黑、白、蓝，不同等大
此时，我正注意到：
毛、肉与意念分离
鸟从具体到虚空
我的解构方式：不用刀
更锋利地剖开
黑的内部红的器官和结构
一只非个体的鸟，我手所触及的
是一片声音。此鸟
非鸟，羽毛的重量
膨胀，无限扩大
构成我感觉的表象。我知道
我已进入射击的范围。一只鸟的
具体，完全改变天空的辽阔
成为另一种性质的事物。此刻
我目力所及：
城市还原为一片森林
人类在低矮的灌木丛中试飞
象形的鸟群

怀抱白银的抒情者

1

声音开始，冰在破裂
水与水之间产生浪纹
一位抒情者依树观察
水的后面：是鱼，是光
是空虚，是灰暗，是是非非
鱼纹之影围绕水的堤岸
起烟、起舞、起义
坚持到最后的运动必将结束

也许，世界起初就是告别
以某种循环的方式祭奠温暖和仇恨
就像玻璃反复破碎与重合
覆盖事物全部的真相
使明亮和黑暗交替为一
这是世界的结局，如同幻想
无法描绘光的寒冷

抒情者的任何猜想都是存在

因为一切都在独立行走
都在穿越古代兵器的思想
不管这是怎样一种思维方式
存在都在存在者之上
只要用嘴、用手、用生殖器
建筑存在之下的身躯
去扶起光明和温柔的黑暗
就是胜利

2

抒情者是孤独内部的运动
永恒地重复在落日的前后
在时间中溃灭，在出现和消失之间
若有鸟儿还在上下飞翔
这里就是温暖的心脏
跳动、勃发和希望
欲望之光散射着钢的冷冽
穿越水泥之河浮现的菌群
虽有阳光闪耀，但空气让人窒息
这盲目创造的繁荣比残渣更朽
触及肢体内存的精神：利益，物欲之火
燃尽所有的良心。在脆弱和顽强之间
灵魂逐渐消融。没有春的气息
或活的力量，这是什么时光的到来
十八岁的少女放弃羞涩，点燃夏的热烈

摒弃含蓄、舞蹈、动情和撒娇
把自己完全设计在时代的影子里
时尚的布艺挂在嘴边、乳房、腰
或难以想象的部落

抒情者可以孤独地死，换个时间
他会以安静的脚步走来
建筑一座理想之城，自己将看到
世纪的水泥柱崩塌，倒在灾难的十月
此城在彼城之上
像一位战胜归来的王子
拥有黄金和歌唱
获得花环与碑铭
理解了大地的意义
一次猜想实现一种白银
在水晶的中心，天空或别的颜色里
他站在时间和空间之上

如果他现在还没有走出自己的思想
他就停止，选择一种正确的方式
他说过，他从不做王的游戏
也不会实验自己的身体
因为他知道，他的语言
是一条穿越死亡的河流
润泽上帝和死者的舌头

3

语词至上。书的卷首已破
国家在某页纸内发出的声音
注释着帝王和铁的过去
那时震怒大地的行为在遗忘
国家深度的思念在燃烧的荆棘中
那些名字剥落碑林的将士
他们正骑马归来，以铁蹄和金盾
汇聚的轰鸣，悼念死亡的帝国
就如冬的和谐与包容必将以春的勃发
热烈而激情，蕴藏夏秋的暴动与硕果

断裂的追求到达满足的结果
物体隐去的精神已同死亡埋葬
物流颠覆到现在
面包继续烘烤，偷爱的猫仍在嘶叫
鸟儿在天空滑翔的距离是生命的距离
这是追求的最后，一切墓场的总结

4

时间过去，时间重来
假设的人和事在假设中演绎
就像映在玻璃墙上的风景

动与不动之间决定它的出现和消失
玻璃的燃烧，跳着火焰的舞蹈
大地、历史与声音的融合
站在汉词这边，白银的光度黯然
抒情者想表达的一切
回旋在燃尽的物体之后

5

白银是水与火的修辞
植入其内部的精神，继续
向上或向下，达到——
乡村、草场、城镇和牺牲
达到——
骨头、交易、迂腐和否定
在达到与到达之间
是词和词永恒的跳跃

时间就是思想
中间有血和肉的成分
在每次诞生与死亡之后
总有幸福和悲伤
隐秘的辉煌结构

6

献给时间的声音停止

泪水滋润了大地干涸的部分

我们依然空手微笑

用冷和绝情在黑铁的构架之上

胸怀白银的诗章，心灵

突变空虚，使大地阴暗

我们在喧闹中孤独

用残忍消灭温柔

拿着卑鄙的通行证行走他乡

以我们的崇高破坏祖国

我们在追寻梦想的时候

丢掉了钥匙和祖宗的遗训

也正因为我们在继续追寻

我们才感到累了

才会在时间的阴影里

坚持白银的纯粹

惩罚、权利、战争、思想、兽的嘴脸

人类制造的这一切让我们疲倦

当春天到来时，我真的害怕

这个时代的白银

会同我心中的花朵一起枯萎

第二辑

现象学

今天的转喻

在黑夜过后

我终于走出昨天，昨天被今天转喻

我写了一篇《昨天的宣言》

添写了今晨的星空和阳光

这是为了说明昨天已死亡

昨天没有留下一句遗言

只是在短暂的绝望中把今天诞生

今天从黎明开始，开始一段新的生活

在女人的美丽中解放

解放我对昨天的怀念。今天

我在清晨迈向山谷，把脚印

藏在岩石，藏在我的未知处

我陷入迷茫，我脸色苍白

我头发细分成闪电，我失去自我

我精神分裂，我病入膏肓

我迈出的第二步略有重音，像踩在黄铜

踩在铜鼓的侧面

我希望自己成为蝴蝶

轻盈地绕过花粉，不去惊动近郊的宁静

不知道第三步会带来什么

我于是躺下，我死在两次脚步的思索里

我破坏了今天的美景，我被野草淹没
我可能被我自己的描写夸张
并用虚构的手法把自己放大在天幕间
但你们必须猜想我的第三步：
从一种死亡转化为另一种死亡

纸建筑

我跳过石头的障碍又陷入泥沼

我在词语锋利的牙齿上度过青春

留下伤口，留下头上的银白发丝

从此，我学会了自我解剖，不用刀

也能使自己鲜血淋淋

我跨入洁白的纸建筑，开始在纸上舞蹈

跳自编的精神狂舞，在无声的韵律里体验死亡

我死过很多次

我被纸建筑吸收又被纸建筑吐出

我的眼睛无法分辨世界

白色成为一个主题，一种思想

我生于白色也必将死于白色之中

从恐怖的抽象到幻觉的具体，枷锁繁多

锁住我的嘴、眼睛和血管的入口

我只能柔软成水，从纸建筑的底端流出

这次灵魂隐失的过程，让我重生

让我在词语的嘈杂声中找到宁静

找到放纵和收敛的方式

我怀抱琵琶弹唱，唱黑夜的断章

唱我的第四季，唱我走向我的反面

我在这样的环境里达到窒息

达到精神崩溃，最后愉快地自我毁灭
但在安静的家园里，四周微微的风
让我依附在一片下降的小雪里
停止我的自喻和夸张

致　意

有人说我抽象
说我被新的魔鬼虚拟
说我有多少岁月可以虚耗
我没有浪费时间为自己分辩
在别人的语言里跌倒
这可能是我活着的意义
从先人那里伸过来的第三只手
我被推向古色的时代
我想起了小时候
我手拉过戴蝴蝶结的女孩
我知道了我伸手瞬间的快感
其实这是祖先的快感
这又是我一次不经意的实验
说明先人在那头，我在这头
我们相互致意
以幻想继续我们的交谈
所以我们经常说诞生
说男人和女人的事，说活着真好
只有这样，生命才有意义

行走的方式

我有无数种走的方式

有时兔窜，有时狗跳

有时狮奔，有时猪逃

有时像鸡走

有时直立行走

我走来走去

我不知道走的哪条路

准备回到哪条道路上

我走得满头大汗，走得双眼失明

走得好坏不分，走得卑鄙无耻

我边走边看，看比我走得快的

看比我走得慢的，看一只脚走的

看两只脚走的，看三只脚走的

看四只脚走的，看五只脚走的

看无数只脚走的，看没有脚走的

想为什么他们那么走——

有形的走，无形的走

我低头就看到自己

脚变得越来越大，脚变得越来越老

使我迈步艰难

我又慢慢抬头，但天要黑了

天又要亮了；黑与亮之间就是一刹那
我在说，我的脚呀
我拜托你，祝福你
我们这一生
只能在一起走下去
你比我更辛苦

造纸厂速写

我是被简化的一种描写
我贪婪纯洁而清寂的空气
我退隐古董的黑夜之中
运用实验的方法探索
我可能被你们注视
构成舞台剧和精神病人的范本
我的现象学在后工业的废墟上
造纸厂在我的河流中
我成为造纸厂的工人
我的河流可提供水源，并排污
我于是拿厂里生产的白纸，写诗
写我尿液中含有的化学成分
我成为一个循环的罪恶者
是从造纸厂本质中来的

死亡与诞生

在我的企图中，时间迷惑幻想

我若被你记忆，你便发生变化

我带着你的色彩构成爱情

在爱的城堡里，石头、栅栏和铜锈

叠加不同的语言说出你的名字

让我推测你，去揭露你的深度

因而你我必须相互拥抱

拿上帝的一个吻

回答爱，回答莎士比亚的时间

我保持一种绝对观察者的姿态

你可能已经感觉了

在没有爱的环境，人性

在耗散中使我达到制度

达到魔鬼，达到对立的两极

我们在黎明时到来

成为陌生，成为秩序

我变成一阵旋风

卷走我遗留在纸上的遗言

这是场冒险

我被一切诅咒，我渗透一切

我死去，然后在

充满激情的春天泥土里

重新诞生

为冬天节哀

冬天

我除去所有的形容词

为白色节哀，为枯枝节哀

我自己也卷起来

像一只缩头乌龟踱步

我从寒冷的仇恨出发

我走向柴火，在那里升温

但这些被燃烧的都是冬天的废物

一个个无家可归的废物

支离破碎

我在火焰的附近脱下衣装

脱下冬天，回到夏天的镜前

我燃烧成一朵玫瑰

与侧面的一片绿叶爱情

我已经被火的温度左右

我不知道是离开还是守候

这是一只鸟儿落下的两点钟

在我窗台的位置

我看见它在觅食，在与玻璃对视

鸟把我带进言辞的另一面

我赤裸在雪地里

听见一阵阵管弦

像春天一点点呈现

不可归

我不可归

就算回到母亲的体内

我也不可归

就算粉碎依附于万物之内

我也不可归

我从一个瞬间跳跃到另一个瞬间

整个世界把我覆盖

我在一棵树的夭折中死亡

在一棵小草破土时诞生

我从死亡和诞生中看见我的生命

我一静止，大鸟从天空落下

我一运动，河流顿时叛逆

我把世界卷起来踱步

走死亡的路线。只有这样

小小的我才会在虚无的途中强大起来

去把天堂与地狱之门

同时关闭，同时打开

让上帝去敲钟

猫头鹰

我经历过你的夜晚
却从未看见过你的白天
我敬畏过你的形象
像我放弃爱情或私语
昨夜，你又飞到我的左肺
停止我呼吸，压迫我心跳
我在窒息中进入了你的那张嘴
地狱的嘴，反目成仇的嘴
带领我脱离我的身体
完成一次虚拟，回到明月
你不知去向

兽的思想

栅栏排列着兽的思想
在围困的饥饿中
你用目光思考飞禽
向自己的悬崖致敬

一只鸟携起鸣音穿越天空
触及你牙齿的欲望
家园正驶离森林
此刻你带着雏菊的沉默
有阳光的忧郁

假想的捕猎者死于水
你的敌意成冰
在玫瑰两旁的侧影里
你的大雪覆盖火的绝望
此次迁徙使你成疾

我们这样结束

我走向你，猜想诱惑我的死亡
可能是你在蓄谋
把已安葬的木棺打开，放出
诞生对峙的死亡，比蝴蝶舞步
更美。你可能的选择
与道路平行或交叉，你的危险
溃灭成悬崖，只是你获取了翅膀
交换我的未来和你的孤单

我降临　　你出现
我们在隐形的火焰里舔舌
建造圣堂的空想
我还来不及庆祝一切来临
整个世界就盛满了花簇，充满荣耀
我只好带上生来的语言和我制造的肮脏
在冥想中逃亡

时间是我虚拟的水晶
敌人更是我构想的反叛

告　别

我用荒原经历悲伤

隐去帷幕的剧院，影子部队的

脚步踏过灵魂。我登台，我致谢

进行最后一次演说

用眼泪向我一生的朋友和亲人告别

我或即隐退，在生命辞去之际

我祷颂经文对敌人作友善的表达

我告别梦中的江河，告别岁月的绚烂

告别生者和死者短暂的今生及永恒

你们的恩德无论被放大或缩小

我始终无法抵达你们。你们的骄傲

美好了这个世界，包括日月

或许你们的生活中会留下我的一页残篇

因为我也许是你们的碎片，也许是

你们的某段灵魂

我真想和你们一起，用汉字

构筑一座祠堂，一座汉语城邦

把天空和你们一身的困倦

还有我的困倦，搁置其中

某块黑暗

夜的静默，使我潜入黑暗的内心
随处敲击石头，打磨它的兽身
黑对黑的重复，石头与我都在远古
彼岸的领域不可穿越，空气无法逆转
树皮上镌刻的脉纹
狙击一只豹的夜晚

我俯身舔食黑暗，舌头没有了
一切腐朽复生，裸露出春天
从冰上升到火，我此刻
站在簇群的象征中间
手里的石头瞬间粉碎
倾流之水洗净天空
星星一颗颗坠落
覆灭黑暗最后一粒种子
某块黑暗在死亡道路上

我从火的绝迹
醒来，整夜所困倦的梦被牙齿咬紧
颤抖的嘴巴对梦境讥笑
这盛满黑色的温床

玫瑰张开红色之蕊——

我的怜悯　我无知的成长

我代表一切陨落的声音

深入土地，力图新生

去展开无边的词，隐藏大地的回答

去介入土地的中心，挽救死的绝望

我所想象超越水的流淌和空气的自由

我憎恨一切，苦难地活着

我所希望——

起身向月光致意

世界末日来了

世界末日来了，望着鸡翅也快乐

这时间多慢，罐装在午夜的巷道

小女子成冰激凌的后裔

无意带来的伤痛落在霓虹的光

小酒吧，不是一座城

里面有婉约的歌

踱过前朝的灰瓦砾

草淹没了无忧的梦

或多或少，

岁月好像一个懒惰的客人

睡在床头比我还想得多

九月是一个遥远

我躺在云雾的底端说那些事

香烟错过

你提起奶酪，我不喜欢

我在想地质灾害

抢险，是一种传奇

今年你比我更关心沧海

沙漠从尘埃开始

世界的末日来了

你还有几件愤怒的事

你还有多少神话

希望献出你的告白献出你孤独的身躯

我为你套上光荣的花环

我为你默哀

我们从此在无边的天宇间聆听世界的往事

这个世界仅仅是一种决句的可能

具体的马

以马的碎蹄作为踪迹
你便失去寻找草原的意义
草原对你本身无用
只能喂马，略带古代的风沙
也描写了骑马开战，驰骋疆场
虽忘了击鼓的雨点是属于哪个朝代
但知道是它清洗血迹，把骨骸掩埋

所以，几个世纪过去
你依然在人间安好
对比马，就对比奔腾
策马向前是一次策反的尝试
和写一首凝重的诗篇没有什么不同
都显那盖世的文采与计谋
说到具体的马
就是为了提及具体的时代
穿一身盔甲，手握长矛
刺杀了黑夜，便披甲归来

我压不住你前行的暗影

我压不住你前行的暗影
它比我的步履更快
树冠的影子
使你自然的交叉
那一束火焰的扩大
照亮了黑暗统一的忧伤
流水与蝉音抵消
影子的面积大于自身的集合

一个提灯而过的人引我前行
直截了当表达一次诉求
赤裸的生命在寒风中修史
让生的光彩对于死的重生
置之不理，你从不眷顾
在粗鄙之手中失去的物宠
你卷食的舌头已经冷却
无法吐出词语的正确发音
在生命凋残之前
那是一枚自我独赏的火花
盛开了死亡的结局

如果此时，你也愿意来
参加这生死共奏的
明暗构成的舞影
你可着一身素装，带一首诗
其中，有悲悯的山河
有一箭击中两只鸟伤痛的残音
还有戴冠的人寿终正寝

毁掉时间的轮子

毁掉时间的轮子
迫使它停留在人间的泥泞
不走的时间雕刻了自己的光阴
贪婪的牙齿咀嚼一秒
一秒是一个轮回里的季节
同样有一双利爪
抓住繁花中的一朵

一朵花在一个尘世
或喜或悲地盛开
你若知道花语，你就看见
在火中取食的凤凰
她那满身的光阴
足以让你雕刻时代

比如你雕刻禽兽的爪牙
它们怒目狰狞
上演一幕幕血淋淋的大戏
对世界进行重新排列
当你雕刻完成
任凭一片片灵魂无常飞翔

若遇暴风折断翅膀
那飘落的羽毛，瞬间
让你浮想联翩

这时你的怒目之眼
就放出温顺，柔情满满
那至善至美将在你的目光里繁衍
你趁这善美时光的来临
运用光的法则抗拒腐朽
用你的呼吸把繁花吹落

你囚一身的罪恶

你囚一身的罪恶，炼一生的
火焰。你匆匆来临
看一看繁花，又匆匆离去
你在青春时盛开的花朵
辉映着你畏惧的心
你走进熏香的笼子里
那无耻、丑陋、粗暴之徒
只能喝下假意的盟酒
但与你一同走来的少年
轻轻按下了黑白交替的黄昏

我在黄昏认出你时
你已血迹斑斑
狰狞的黑夜即将舔食你的罪证
你的面孔都印有黄色的菊
你想错过菊的花期
换一脸的假面
我又猜疑是你
摇落了它的花瓣
推及是你，仿照菊
卷曲了你的心思

打开身体的花朵

打开身体的花朵
一股鲜血倾泻而出
尽染回忆里的空梦
繁茂的日子
是遮蔽我生命的绿荫

我正寻找一双眼睛
一个囚徒炼狱之后的眼睛
它闪射了世间
以良田为敌意的用心
对待自取的罪恶

囚徒拥有自绝的深渊
久坐谷底，一朵清丽的浪花
溅起最后洁白的独舞
诀别的锦绣人生
隐含了命运的繁华
面对火焰过后风吹而起的灰烬
在马蹄踢翻竹篮之时
还有多少春色未尽

我于是走近镜子

观照镜子的时候

玻璃并不明显

你早坐于其中，布满危险

这一面恐怖的透明

吞噬整个天空的蔚蓝

但火焰以我的方式，不

以染红我体内旗帜的方式

粉碎了这些阴谋隐蔽的映照

请不要用粗暴的手法

请不要用粗暴的手法
来描绘树叶与云朵的关系
在最深的蔚蓝里
你硕大的眼睛
专注于夏日暴烈的痕迹

苹果在习惯的制度里坠落
犹如你落地为恶
为一地的腐烂
那果核爆发
或生育另一个自己
仿照的，你唯一的肖像
与世长辞

种子的力

一粒种子的内核
突破黑的中心
最终是旋动世界的力
把这粒种子
抛向任何一个地方
都能看见或听见
它破裂成长的声音
某种对种子逆反的力
使种子变得强大
正如我生命的内核
被世界反动

第三辑

山河细小

虚　无

我过早抒情
现已被掏空了表达
那些沉默与时光吻合
我也不再向别人
一五一十说出自己
我已陈腐且老套
我看见的天空空洞无物
守望远方的人去了远方
我却绝望地站在近处

雪

雪一下
人们就都在说雪
雪于是是花朵是忧伤
是呈现给冬的礼物……
雪的秘密和关联的
也在人间，一一展开
雪就成为引申的别物
那些洁白和纯粹
那些崇高和正义
也都落在了雪的身上
雪从天空轻盈落下
落下来
雪已是一件沉沉的事物
即便有光亮也很难融化

雪，辩说与非非

今天正好
雪花落到睫毛
世界洁白
不分辨东风西风
我已生冷
鹅毛形容白雪
天空很满
空气越来越紧
感谢片片雪花
把身体卷成
该大该小的部分
但我瞧不起
我嘴唇颤颤巍巍地动

星　星

星星是夜的机灵鬼
眨着眼睛，拖着
黑色的身躯，高高在上
落不下来，又飞不走
他们的小伙伴真多
密织成自己的网络
想罩住什么？哦
夜空似人间
月亮是大人物，星星是小人物
整个夜空是黑色的国度

我已经不写事物

我睡了，世界就睡了

黑暗紧紧捂住我的心病

我的每一声呓语

都是对冤屈的重申

经过我身边的这些幽灵

你们的哭诉和闭目

也从没把我的梦涨满

我已经不写事物

不能分辨丑恶，它们

很光滑，裹得很紧

事物本身也并不确切

我只见事物背光的影子

我的每一次呼吸

都是对黑暗的压倒

我不再拿取修辞

不再摘下火焰上的那些词

我抬头看去

一个个迎面而来的人多真实

哭着或笑着

一个个远去的背影多真实

从大慢慢变小

变成又一个黑夜的梦

发光体

在我伸手摸不到的地方
有一个不明的发光体
它很高，我很矮
这段距离之间填满了流云
和萤火虫般飞行的星星
我想古人也望见过此时的物象
才有"月上柳梢头，人约黄昏后"
但我不做无病呻吟的人
不会再把天空写得太高远
把大地写得太辽阔
把情感写得太丰满
把冬天写得太残酷
把春日写得太和美
我只想成为平淡无奇的星星
我不要再深陷人间的事物
我会仿照流水的习性
写词语的深处，花花草草
写灵魂的段落，山山水水

画 马

泼入纸上的墨迹
雕琢了那页纸的流线
沿着弯曲淌过的死亡
刚一笔枝条就干枯
只有压缩回来的马
才活着奔跑成疾风
才抖动鬃毛里的帝国
才踏碎古道上青苔的眉
仅此一匹永不吃草的马
她的身躯就占据草原
也可能是浓重的墨迹
填满了她的腹部。但
我更相信是泼墨之手
有意为某种事件倾情
马的彪悍随之而来
也就有了古意中
那只有一个季节的草原
马和草原相互照应，相互
把各自的羽毛插入其中
你看，他们有多少情感
就有多少相融的部分

鸟

一只鸟走来，就像走来
一个东倒西歪的世界
声音不那么清脆，脚跟
总要经过一些长句或短句
翅膀携带空气，也携带
心中的呼啸。羽毛沾满墨迹
不宜飞高，更不宜飞远
困倦于波光，停落在
一片雪的晚。鸟回归巢中
我回归你遮住光的部分

清洗自己

比如：
我一生的好坏
都是我身上的山水
风吹不均匀
时常被阳光灌满的部分
他就饱和，温暖
花鸟虫鸣，样样都在
有时那些坠下的星辰
落在黑夜的底部时
我的深浅一目了然
我的坏又水落石出

事情总会有尾声
那句号式的
停顿或挽留
是一切好坏的果实
切开它，就真相大白
好人们常带着美好
在奔命中走完一生
戴罪的人常用嘴
喊完人间所有的赞美

我会守着好人的好

对照自己，对照

从未翻阅的经书

一点一点捡起自己

清洗。来干净我

入世已坏的心

窥　物

我从裂缝看出去
每件事物
都是残疾的样子
衣衫破烂，面色衰败
横七竖八，斜着
彼此支撑
好似相依为命。但

有一点风吹草动
他们的关系瞬间破裂
又是一种另外的穿插
阳光打过来
它是它的背景
看似纸鸢的低垂，恰是
别物高高的挂起

我蜗居屋里，暗中窥物
像一个悬壶济世的郎中
对屋外鲜活的事物
望　闻　问　切
却忘记了久病的自己

时　光

时光拽着生死的两端
我们是它秋千上的孩子
荡向未知的远方
但回来时
鬓角上停落的白鹭
羽毛一片片掉下
这是时光的实物
又掉入时光之中

当年，我们
含着时光的童音
呼啸而去。如今
那些字词、音节
在口中剥落、模糊
还总有那么一句
词不达意

这些年，是怀旧的日子
我常拉开抽屉，取出相册
拂去封面上时间衰老的皮
每一张照片就有每一粒光阴

我慢慢翻阅，小心叠起
寸寸光阴像小兽也爬起来
爬过发黄的纸片
爬出低矮的窗台
爬上那一山暮色中
我看见，爷爷、父亲
拖着身体慢慢走过
那寸寸时光，多么陈旧
多么匆忙　且新

此时，虚影把我唤醒
我就拼命喊自己的儿女
抓好时光
一粒也不要跑失
总会有暮年，寻找
这么一串时光的珠子
那上面刻着：
儿女是自己的轮回

供 词

夜下的笔尖
短小　轻细
挑不起
一粒灯光
更住不下风
月光路过
眼口没漏下星辰

笔尖
流经的页面
出现裂痕
追究下去
不是一段病句
就是自己的供词

夜色越深
就越想掏出
忏悔

辩证法

走着
意外停电
所有事物都被灯光收走
甚至我的目光也被收走
我一直向前
脚下的路一再挽留
很难迈出一步
为在黑夜中探路
伸出双手从前往后划
触碰到的花草
此时已互换了姓名
风吹着吹着
就乱吹，吹不向
我喊的人家。不过
黑色中的人们已习惯
尽量藏好嘴巴
捂住自己，不想成为
黑暗中光鲜的事物
就像白天
谁也不想成为
乌鸦、布谷鸟
或墓穴中的一个

落　日

落下来
只是一个过程
越落越大
只是一个假象
落入深山
只是一个追想
从兵荒马乱的朝代
落到太平盛世
每一轮落日
长相一致

只是有时
不落孙山
不落大海
不落草场
不落烟囱
……
它满脸通红
为落不干净的自己
羞涩　惭愧

街角：一个活物

就是这里
往往就是这种地方
拐角，避风
像极了城市的屋檐
燕子飞回来
也是这种地方
蝙蝠和燕子
白天黑夜交替飞
为一只小虫
飞进飞出
飞到羽翼丰满
飞到儿女成群
它们的一生给他安慰
是他内心活着的样子
这是他唯一看见别物
活满的一生

这个人间
不是飞鸟的世间
他弯腰拾不起一粒粮食
他跪着收不到一丝

怜悯的反光。他作揖
天上的雨越下越大
一股股大水，就往里灌
他只好收缩身子，越卷越小
小到只是一个活物
连一个声响，最后
他都懒得发出

你与世界相互误解
你终日拥有一颗不安的灵魂
被围困在罪与恶的栅栏中间
趁你的山河还在，就在竹篮中
放一段凄美如玉的词
盖住谋权的弯刀

一首诗的好坏

是这样的。一首诗
很难完全装下你我
如果说彼此
并肩进入一首诗
词语过于重叠
也不好偏重赞美
任何一个。或者
我先进入一首诗
把诗中的空间
打扫得干干净净
再摆一些甜品或茶
当你想起我时
我是一个
多么爱家的男人
你就会走进这首诗来
就有一句完美的结尾
一首诗的好坏，真还看
彼此是否成全

流　浪

有事吗
一直回头望
瘸着腿跑
也不忘回头
你是为记下
流浪的路？
还是生怕有
瞄准你的枪口
如果只为了活着
不要把自己藏得
更深，夹得更紧
你把腿放在
春天的路上
粮食是足够的
呼吸不再用肺
心始终有节奏地跳
多好的命
跑过这个春天
你就跑完回家的路
这个夜晚
你守住的星辰
绝对不会落下

村　庄

屋檐上的锈色掉不下来
这是对一个黄昏的祭奠
夜多好的轻抚
这是对一场破败的补救

枯枝上的鸟巢
早已容不下翅膀
一条满山遍野跑的
野狗，仰望着叫
眼睛发出绿
仿佛要用目光
灼燃那只鸟巢
落下一片羽毛的火
为自己取暖

村子，要开春了
蚊子相互穿插
围绕着飞
一大群旋转着飞
飞在一块干裂的牛粪上
贴着，像贴一张

救世的膏药。一冬了
只有这群蚊子生动一些
路过这个村子
我看见的一切
始终不动声色

水与云朵

水中的鱼群
托起整块水面
洁白，够落一天的云
于是，白云
仿佛多了一位
地上的姐妹。你看
他们相互照着
中间无杂物
不搁放一丝虚影

投水自尽的人
并未沉入水底
而死于一块云的白
摇船过来的人
一网下去，刚好是
波心中荡漾的闪电
两种死，过于悲悯
都值得缅怀

在我眼里
云朵是我摸不着的天堂

水面是我踩不破的地狱
我置身其中
不如
死于白云生处的人
不如
死于闪电光斑的人

我数次进入墓场
看过一块块碑文
他们的死
多么相似
怀念他们的方式
多么相似
我们都是人间
孤独悲伤的孩子
互为相似着活
生怕自己误入
另一种死亡

月亮是露水

我躺下去
就有草，就有羊群
期待的草原
青色的草，羊群就
重复出现。青色变矮
低至泥土，碧水
就漫过去，洗清羊毛
那白净的青呀
正如我躺下时
总希望发生些什么
其实，我一旦躺下
一种事物已被另一种
事物重新命名。比如
此时天空低垂，月亮
只是草尖上返回的露水

旧时光

我是对未来
从不抱向往的人
我愿意去找
旧时的路，旧时的人
愿意去找那些
被人遗忘的鸟巢
被搁置失水的泥人
被抛弃生锈的铁环
……
我都愿意找回

那些时光陈旧、固定
不再遗失，不再变样
手抚摸过去
不再有新鲜的灰尘
看着看着
最多只有泛白的盐水
也会被噙在眼睛里
回望一次旧物
就会　制一个人间
这样的时光，真好
它不再模棱两可

枯　树

一棵树
我叫不出它的名字
叶子已经落完
只剩干枝，凌乱地
硬硬地向上
想用身体所有的硬
戳破天空
漏下雨或阳光
而土地死死地
咬着它的根部
一口也不松动
多大的经脉
也不够求生
春风吹来
它仍是风中的
一个死

依此类推

依此类推
我们都会
老去死去
依此类推
眼前的事物
空荡荡
那巫山云雨
空荡荡

依此类推
这一声鸟叫
将是久远的一鸣
谁也无法把它
从声音中取走
这一波巨浪
将是水纹的范例
只要风吹四起
人间不在
它依旧矍铄

依此类推

这首文笔干枯的诗

荆棘丛生　地址不详

绝不会流落人间

第四辑

爱你是艺术的另一种形式

比如：春天

你我生来并不相关
因为有春天
我们才彼此相融
各自才把忍了一冬的火焰
喷在一起燃烧
既化了雪又暖了心

我们用口中的承诺
努力去吹绿那些枯枝
吹一个像样的春天。所以
我拿春天来作爱你的理由
从现在起，风
低吟而过你的左耳有我的私语
水浅舔你的脚踝有我爱你的痒
我是你的，薰衣草是蓝色
都飞满了蝴蝶

我借虚拟的长亭
邀约古意的月亮而来
在你的房间为你盖一层丝绸
或剪一段月影贴在你的西窗

我用力弯曲宋词里的那枝树梢
让太阳多挂会儿
为你我留下足够的黄昏
其实，我们本来并不相关
总有那么些理由把彼此系在一起

你晚一点来

你晚一点来
我先轻声说出黑暗
说出情节严重的幽光
我宁愿交出此时的江山
也不愿更换碎裂的瓷器
这是流传的内心
凝固了王朝的唇嘴舌咶
一片薄唇的颤动
也能扰乱一壶茶水
和一海的船帆

你晚一点来
就有一弯一勾的大笔
用那些词来照你
把你分别归为田垄或水乡
归为一场晚来的细雨
沐浴一次牧场
和斜穿乌云的大鸟
我于是侧向烛台
静默地围坐一堆死火
悲观主义的泪水泾渭分明

水火交融制造的密雾
朦胧你醒来时发现的爪痕
这是一行绝望的血迹
像一片残缺的羽
洁白地痛着

我和你一直这样相互对照
照出一个
不一样的天上人间
你晚一点来
我还在久久仰望那
银河里的北斗七星
你来了，我问你
今夕是何夕

想象爱情

我捧着泪水
这一手的水晶落满大地
打湿了整个三月
我不知道怎样表达对你的爱
这黑夜私藏的晚风
也无法吹过我忧伤的侧影
我用童年的手绢拭擦你的梦
把属于你的所有
装饰在我左肺的上方
构成婉约的江南
小桥近旁的流水并不居住佳人
我只思念唐朝的爱情
为什么春色欲望着碧潭和天空
并扰乱你我，弄错月光与白雪
我必须把红烛点亮
为你选一只古典的鹤飞进我的词语
把忧伤排列成栅栏，鹤停落在中央
鹤是我臆想的礼物，代表我的绝望
你不爱我因为你不爱忧伤
但爱情不因为你缺失的仰望而停止
仍有人喜欢。自古以来

只有可伤痛的那一滴血才能染红玫瑰

吐出火焰，想象爱情

情人的蔚蓝

这并不是海，这是我情人的蔚蓝
波澜成为风的系列，鱼尾纹早已上岸
卷入鸥的影子，岁月低在了沙滩
地中海是梦的别名
镌刻在繁华的日月之间。其实
水是水，时间是时间。我回头
你在遥远，这一切
哪有那么美还真实的存在
天空压了海面，不要惊慌
那只是你依偎我的斜度
我们的怀注满了波光
一层卷走一层
就如我们碎裂的纠缠
不知道有没有摆渡的船
我想摇往更深的蔚蓝
在你的闺房布满玫瑰的花环

月　亮

风怎么吹，树怎么摇
月亮还是在那个地方
清清的，放着冷光
不刺眼也不照人

月亮在上方
庭院很有意象
是在我的丝质袖口
注定铺满潦草的诗章
犹如今夜碎了一窑的瓷

我把寂寞算得很疲惫
把怨恨和凄凉相叠
我的孤独归于
月光照进来的斑影
藏着两个人一个思量

月　光

当秋风移过逆流的语句

月光已略照黄叶忧伤的分离

当月光落入窗台的冷清

正是濡染我内心

忆起你弯弯的小梦

当在异乡陷落的最后一个吻

我想描述的风景会不会与你照映

月光哟

你把你银色的清辉

漫过我床前的思念时

一只比喻的玉兔闪烁其间

你的侧影之魅

成为我一生的仰望

月光哟

请你饶恕我

对落寞秋色的期待

如果你愿意，请从你自己的光阴里

递给我生活的斑斓

月光哟

我已跋涉过记忆的悬崖

或危险或碎片或丝绸掩藏的往事……

这一切，我今夜已经习惯

在纷扰的词语里安静片刻

原血在杜鹃花下
但我的原血已被你吃掉
慢慢地最后一滴
循环成梦中的灿烂
转身之间那孤独的部分
被丝绸滑下永远的对峙

其实，彼此正转折
成花开花落
把共同消失的季节
柔弱成手绢
分离是绝对的忧愁
是一颗流星拖长的绝句
我书写
只是为或长或短的呻吟
像有一手反抱的琵琶
从词的这头漫过来
不惊呼，也不叹息
在安静的透明里
彼此端坐

但我的身体
总有一个地方被你写痛
我的牙齿咬着
至少一百个忧伤的词
词是杂草丛生的序
只是在沉默中
列队成舌尖上的病句
咽不下去，吐不出来
我整个身体将要破碎
剩下的伤口是捂不住的
脸颊是泪水的必经之地
我们在人间的空缺处
拼凑一个完整的黑暗

春天，被河划伤

藤蔓绞织的春天
我交出无知
交出整个心灵的钥匙
交出丑陋的谎言
交出枝条里最青涩的蕾
这一切，引来的陌生人
是我引来的蝴蝶，缠满尘世

打乱这些秩序吧
世界是一支落空的花
隐秘我怯生的过去
一个站在岩石上
有几许睡意的青年还在朗诵
那风和日丽、光落西山
云和风相吻之时
闪动着我对飞鸟的回忆
对可能裸现的死亡
应该看作是异域里不同的安息
对那些轻唱庄稼的人
要用衣袖遮住他在春天里的缺席……

踏着虚无的影子
摇醒栏杆边缘的菊
说出一个对我忠贞的
半夜提灯走过的人
这个旧人
我开始呼应你
我在你床边从黄昏坐到黎明
我们相互呼应
呼应出一条波浪的大河
映照我黑暗之处所显露的幽光
正如我眼里蕴藏多年的泪水
循环而撞着骨头的声音

这时也正是悲痛在航行
这是绝望升起的羽翼
在半空分裂并飞翔
一条不规则的河
你我此时必须忘掉
我们同时被划伤
我只好在河岸多洒下些惆怅
傍晚时提一篮子星光回家:
一边寂寞, 一边流淌

哄　你

你走了，化妆落下
你的舞美停留在中央
我在那个秋天
听蝉音思念你的从前
你总是在小睡时醒来
泪流满面
你是黄昏时的小气鬼
洞房深处的小气鬼
可能是我的小气鬼
我只好在
少了一个春天的那年来哄你
哄你笑成桃花，笑成
两只是蝶是梦的鸳鸯
为什么一个男人总在
一个晚来的季节里多情
是我忘了还你三月？
但我又不想
你在多梦多雨的日子里瘦下来
你早应该走了，保护好身体
我带着镰刀去南山捕月

相信爱情

在这场玫瑰的盛会

我说亲爱的，这一生

我是你一半的幸福，一半的忧伤

幸福和忧伤是两个不同的夜晚

但我和你一起入梦

一起携带岁月的行囊前往大海和山河

一起听孩子对我们说他恋爱了

这一生我永远都是你的

今天是最好的证明

我看见玫瑰影子中美丽的你

从那年忆起我们已经十年

叶子也落满了大地

秋季告诉了我们：

相信爱情

南方歌词

我怎样忆起：南方，不定的天气
黑色肌肤的影子，软软的脚步声
停顿在路上。某月某日
你用北国的素语与我谈及海
你的闺房，溢满海水。我们努力
在沙滩上，依着手势去看如棉的云
借这些翠玉的裙边，我们深吸海
与风的呓语。第一次看海
云海绽放的水银之星，汇入
这蓝色高蹈的波涛之舞
把我与你牵向蔚蓝

我不知道
我停在什么地带？水那端平静的小岛
是给你的，我们多年操练的爱情
昨夜的一切已告诉了我
我们同在海边湿身。这些清晨的云雾
裹着你，还有我最爱的贝壳
把我置身于一束浪的中心。来
赞美你，卷起银丝的发髻
用一段浪涛的余韵

在静默如镜的身后，飘一片云彩

在南方
我深入水的内部秘密游荡
灵魂自由浮动，身体在水的明静中减压
一切水上的事件正被我遗忘。我留给水
超出生命的部分，珊瑚的生活，贝壳的往事
是一种永恒的存在。我知道
在水里，生命激活了语言
我们该留在南方，结束当初的回返

观察一只鸟的飞起到怀念你的影子

———致罗莉

从回忆到记起，叶子落了八年

我常在某个不确定的夜随想

无星的黑暗浸透，来到当初的早晨

阳光背面的碎裂之水，只可照耀

九二年的春天：越水的柳烟接近白的消亡

我与同声音如翅膀在天空旋转

现在我认识的是一只鸟，朝风来的方向

变成一片水光飞翔，眼前所有的事物

都是你的倒影。我的看见是一次经历

听见不可代替。正是这片水的流动

我有了眼睛和心情

从早晨到黑暗中间穿越四个季节

不可忘却：在微微起风的时辰，窗台外

挂着一颗透亮的珠子，心的外面世界

是春的颜色。知道吗？我看见了你

含笑的脸，我站在长廊的侧面观察

企图借时间去无声敲击一扇门

虚幻的门。但我苦闷我的手软

无法抢救一次微弱的爱，我知道

你的开启不是自愿，我像深水的影子
被折成水的困倦之纹，在光的冷静中隐去
我的某种可疑，也许是夏更多的火的燃烧
丧失、崛起、矛盾，理性的玻璃之词
粉碎在稚嫩的子宫。我现在的记起
其实全是你的过去
我的手指在我中心的内部灼伤
我想告诉你的唯一，天空即将蔚蓝

八月的封面

这是我们的房间，比胸腔温暖
可能又是一种想象，此时光线
越过你我虚构我们的年龄
一个单亲家庭，我们
相关的逆转开始了

我坐在你的旋律之后
上空映照的桥断了
我们无法相见
无法用水晶的清澈证明我们的过去
我们没有表达
没有把思念当成一生的事业
我单独了。我拉起你的小提琴
唱起：落下的一片叶子或一个吻
我陷入空谷
我准备，用青春去虚度未来

在星期四
我坐上你的船，推着波澜
未尽的风继续吹
我们同时落下遗憾的呼吸

你走了，我想起八月
我把你从岁月的琉璃抽象出来
构成我们假想的图
我由此从你的侧面绘出你的阴影部分
中央有一片意外的海
我沉溺于此

内心的婉辞

西边没有了红，只有云的残缺
痛在白色中间
走来的幻影比海市蜃楼更近
失落了，花瓣破碎在光阴里
异国从此消失。还是那匹马
就如他的蹄声，遥远在古代
或许这是一个起飞的梦

黑色的舞者跳出古典的银饰
暗藏于内心的婉辞渐渐溢满
波的羞涩流传至今，谁还能忆起
墨沉淀在江南，哀愁是一幅莫名的画
轻烟误弄了事件，泪水才打湿一夜
捂着伤痛的手指向东方，海被玻璃照亮
一场玫瑰的葬礼淹没于一架铺满丝绸的床

清晨已经出现
一只臆飞的鸟口含北国的火焰
遭遇冰的毒，33 年
镜子重叠的影子更深，这时我同时出现
同时引入你记起的那首言说的词

暮色已西

伤事叠影

半夜想起一张轻翼的泪巾

窗棂在灯下，空花如瓶

冷清化去秋水等天明

一人杯酒醉如今

我往身后理发鬓

憔悴是屏风的景

我为你月落至今

古道是帝王的心

独自飘零去远行

竹篮梧桐里

我心已定……

让玫瑰多开一度

我正准备用墨滴进你内心的时候
我都不知道以什么方式深入
每次等到黑夜浸润整个世界的那一刻
我才轻轻携起你的梦，用温柔让玫瑰多开一度
仅仅这么一次梦与梦的重合，我就习惯了疼痛
你经常熄灭又经常燃起，反复把我的灵魂
搁置悬崖或火焰纯净的中心
我的爱情被你来回煅烧，但不像钢铁
变得坚硬而是倾向柔软，成为水银
沿着翡翠流淌。也许这正是你的爱情
在我的语词上降临，听着音乐舞蹈
跳残月之舞，宋词之舞，看徐降的大雪
聆听冬天。你伸手过来抚摸我的脸
双眸含着水，给我的月光
融遍了身体。此时夜更加静寂
你的一转身就消失，我和我的泪
编织成长卷收藏心灵，和我一起老去
疼痛洒在春秋

蓝色的歌剧院

在长台
青衣拂过一架钢琴
白色的声音落于大堂
温润的不是舞步
而是在一刹发声之间
伸出的手被爱放大
另一种色调从现在开始
驱音而入遥远的花园
带着祖国的传统表达欧洲
说《圣经》或英雄
或关于流传西方的爱情
我多想借木兰的献词
与你放马草原，为牧歌而哀
什么蓝色的大调呀
我死于你音的波澜
一颗皇冠之美压过全场
但你已抵达贝里尼曲
落入清音的寂静里
多羡慕男生的微笑有相融的月光
为一个夜披上了一层丝绸
你吟春雪和去梳妆
悲情已被山水绝唱

相互书写

我在八楼的午夜
双膝间靠着玫瑰的夏天
此时正经历阅读和忧伤
也许你独卧空床
发出声音内柔情的部分
来安慰心的寒冷
但亲爱的，我们只能如此
在婚姻之外，在房门之内

亲爱的，我们都是车间的临时工
你造纸，我写诗
我们同在一个平面区域中交叉作业
从缝隙到窗口，有许多诡秘的光线
落满我们的背影。第二天
你被挂在嘴边，我被丢进新闻
但我们默默地相知
用属于我们自己的身体
幸福火焰中的热

亲爱的，我们继续着相互的书写
有时用血，有时用泪

有时你用你波浪的肢体
我用我栅栏式的伫立
不管怎样我们不会让故事半途而废
因为我们相信
彼此会变成纸卷里的古老事物

有关爱

一

穿过雨窗的雨穿过我
把混沌的晴落入黑暗
清洗一点心中淤积的弊病
那一声伴雨的雷
同时也伴我敲碎左侧的玻璃
我被夹杂在灰色的中间
雨是天空收藏的眼泪
我和你吮吸她痛快的哭泣
之所以彼此伤心，可能情就在这里

二

注定我是你的
月光知道露珠和泪水
两种冷清的闪烁并不影响你的午夜
而我坐在你多余的梦里，静观你的梦
夜晚总是把一切隐秘的事物变成忧伤
像血液流入整个黑色的魅力之躯

所以你注定是我喉咙婉转的部分
泣不成声打动了前朝打碎了天空
我很想你，很想你为我而出现
月光早已把你青色的发丝
梳理成我窗台的幕布
我避寒在这里

三

可能，夜晚压得很低
像蝙蝠贴近纹路更深的墙
时光陷在天空，碧波漏下少许的痕迹
鸟从此落下，一片羽毛和单一滑翔的翅膀
飞，树叶也在
思想就在你我刺痛之间
让比喻成为颜色，我成为你
低的朦胧流浪在亲的欲望之眼
可能，总那么多可能之处
我们彼此存在对方的闪烁里
暗淡或许光明，照亮得没有今夜

四

请把生活递给我
我坐在冬日的阳光下等待
拎起岁月的领子不让寒风吹过

但寂寞已久居心的方向
我从第一个记忆回想
思念成为森林，我被覆盖
我愿意探访你的梦在哪里
在那有何危险
某种可能，我此刻
已进入你的深处种下一片玫瑰

五

遇上你，我希望继续努力
无负于你未来青春的世界
爱情就在那里，我来约好你一同前往
可能你已习惯很多不舍
但我愿意你带上一切不舍渡船而过
建造我们心灵的花园
真的需要你，无论在哪里我都是你的

爱你是艺术的另一种形式 (组诗)

(1) 爱你是艺术的另一种形式

我回头望你，你
部分可以看见
部分已经隐含
部分被时光修改
我对你说话，你
语言消逝
心跳静止
目光萎缩

你否定我的否定
我怕等不到你的爱
我已转化为怀疑和书
书只满足于在想象中爱你
怀疑只满足于精神的那几朵火焰
当我与世界不相识时，你已到来
当我与世界相识时，你已离开
是的……不怪你
错位是忧伤的

不过，亲爱的
当你拥有春风时
请把它寄给我
让它把我吹成金黄
吹下我满身的果实
当你拥有盛夏时
请把它寄给我
让它舔食我身上的雪
破碎我身上几条冰冻的河

亲爱的，我将感谢你
我会做个高尚的人
久久握住你
哪怕我从爱的顶处跌下来
也会久久握住你
握住你，就握住世界的玫瑰
亲爱的
我们是一个国家的爱情
我们是一个民族的泪水
我们相望的道路
中间已充满抖动的词——
原始的自由，具有世界性

其实，这就是我在爱你
把爱放在适当的位置
用它来寻觅，探索丑陋

和美的真相
爱你是艺术的另一种形式
已转化成实质，同时占据两个天空
爱与被爱，两者都含有美妙的意义
像我含有文雅，你含有羞涩

（2） 我把生命倾斜在你那边

我把生命倾斜在你那边，就为
获取你的美丽。你的美丽是和
你的灵魂相照应的，铸了一座
大花园——形状万象，色彩斑斓
可能只过于复杂而迷离
部分颜色是在阳光下看见
部分颜色是在月光下看见
不被看见的时候，都有各自的阴影
阴影之时，正值你入我怀抱之时
我的怀抱，也抱有你需要的灯光
灯光笼罩你时，便有我的抚摸
这样，无论你我在哪里
都有彼此安身的城市
记下何地的天气，阴雨的天气
记下何地的时间，每个道别的时间

（3） 你爱我的日子临近

你爱我的日子临近，我相信
我的诗里，有你的目光和
俘获你的心。你在不知不觉中
给我提供了精神的佳句
馈赠了词语之上流淌的大河
你到来之时，我不写你
你离开之时，我不写你
因为你我终究会转化成爱者
在爱中，而不是在想象中
你令我忧伤得以愈合
你沉浸在我的祝福里
爱给了我们拥抱的理由
还给了我们携手的意义
爱把季节换来换去
寄一片树叶，收一朵雪
我们一起致爱吧——

（4） 一首小诗

爱在我这里，就是一次征程
我是名副其实的深渊者
我的良心无声而静止，亲爱的
你来摇动我这棵陷入深山之树

我抬头终日是叠落的泪水

这无高粱的谷地，这无黄金的山野

等你来，我等你来筑梦筑诗

一首小诗

无花无果

无人无影

一首小诗

假如是诗，诗自美

假如不是诗，美自是诗

你我赋诗赞美

赞美知道的人间

不，还有这谷底微微的凉

(5) 用诗歌吻你

这首小诗

没有晦涩的词和奇异的语言

这条诗的小径，让我们

猜疑退去，孤独消失

相互拥抱，各自上路

过去我想你，是我的疾病

现在我想你，是我的良药

流行性感冒好久没有来了

你的灵魂已住进我体内，我常

用这个灵魂去推翻另一个灵魂

就如你推动我的力

是扫除一切疾病的力
二者还能分离开来吗

我是一个写诗的青年
永远写不出一个完美的自己
或者只能写一首伪诗出来
一个丑陋的怪语。所以
只有你，是我诗歌的一生
用诗歌吻你
吻你身体不常用的部分
一个部位，一个段落
一朵落雪，一条流水
彼此沉默，不起誓不保证
你来我今生，我去你来世
若有低语，也是口含火焰之声

（6）对你，我特别贪恋

对你，我特别贪恋
你的脸上显露太多我的目光
也映照我一身的落水
我追求爱情（梦想中的爱情）
但很少把爱情记下来，因为
爱情有时像洪水
淹没你的庄稼
毁坏你的前程

但你不愿听这些，随之痛哭
我递给你手帕，一张心灵的覆盖物
捂不住巡游玫瑰园的心
安慰你的唯一方式
面对你面孔读诗
读出纸上的秘密和多余的页码
你以便不再猜想
一个爱情丛林间的猎手

我贪恋你，就是贪恋尘世
尘世有斑斓的面孔，你隐藏其中
如隐士居住荒野隐瞒春天
把我的贪恋转化成怀疑
用怀疑刺伤抱着你和衣
而睡的我。我只好如此
坐在那字里行间哭
哭出拒绝的姿态。我的
一半死了，一半活着
我的作品和你沉默
相见和离别
缠绕的忧虑和失望全丢在白纸里
一行一卷，以私语换交谈
亲切的交谈

（7） 我爱你爱得很慢

我爱你爱得很慢，成熟也慢
我可以为你写下太多的情话
为你栽一棵树，挂上风铃
种一亩玫瑰，注入我心
洒一湾泪水，流出你的惊艳
我的爱情盖着你的爱情
或长或短的爱情
十里无人问的爱情

对不起，我的光阴虐待了你
你还在想念过去的怀抱
来吧，度过这一生
为我度过余下的时光
对于你来说，我是个失望者
所以你蔑视天空的烟花
还有落满一地的纸，你不屑
一地抱着传统生活的人
迂腐的，爱情的旧人
那我就是你的中伤者

我想你抱我，要在月光之时
爱情剥夺了我的自由
我剥夺了你的生活

和你谈个恋爱真累

你要怀疑，春风要反对

三月也不支持

有多少次，当我将撕裂爱情时

你挽救了我，又不挽救爱情

我就这样爱死你了

坐一纸折叠的鹤越飞越高

去接近你额发下颤抖的唇

(8) 我一旦远行

我一旦远行，你拿什么装点生活

装点你日日夜夜的寂寞

如大海没有暴风

就没有沙和浪花

亲爱的，在我种下玫瑰之时

总要露出我的本质——

沉湎在你的大海之中

我们相拥在浪与沙之间

交换灵魂，洁白的灵魂

浸染着双唇呈现的蔚蓝

从此我向你起誓

誓言简单而完全包含生活

一不花言巧语

二不拈花惹草

三不混迹于世

四不浪荡江湖
我捡起你的大裙子和浪漫一同
放在誓言里，爱就完美无缺
仿佛一只鸟飞过你发丝下卷起
的那层乌云，致使起雨起雪的乌云
我便说　爱即是乌云

（9）描绘你，我又随之抹去

描绘你，我又随之抹去
身后出现一大片荒原
无声，没有踪迹
我寻找你，探索你
垂暮之时，我在你另一生中
度过另外的爱情，也是你的
奇妙的多重绚烂
我已不知归返

我按你喜欢的那样
把你来世也爱了一遍
爱神不断涌向我的躯体
注入泪水，注入怀念
注入悲欢，注入今生未想象的
当来世轮回时，我又倾出给你
我闭上双眼
为了重现你的此生容颜

爱你一生是不够用的
我应该期盼来世
在今生的一切喧闹中
都能听出你的旋律
辨清你的方向
有你不变中的时刻之变

但不管你在变与不变间
我都要为你答疑
牵手向你道安
我欣喜上床，去梦那里
听说梦境是来世的实景
床是生幻梦的地方，也充满火焰
一个人是寂寞的，借你灵魂过夜

我们相互斟满爱情之液来清洗
旧灵魂，为去赶往彼此新的日子
向往的，山花烂漫的日子
借春天之名，说出爱你
我们在口吻中共度时光
在一束烛火的跳跃中舞蹈
彼此欲燃的火焰是我们心中的幔
我爱你有什么好隐瞒的

（10）我要在春天……

我要在春天
在每一只蝴蝶羽翼上写下你的名字
在每一只鸟儿的羽毛里卷曲我的心事
让它们携带献词和我微小的心
飞向下一个春天，飞向新未来
如果有一天你离我而去
我不会急于去找你
我会等春天的到来
问一只蝴蝶就可以了
看一片鸟羽就可以了

（11）爱和夜空一样

爱和夜空一样
都有深渊，隐秘合成瓦蓝
瓦蓝是颜色的一部分。如同
不爱是爱的诀别部分
我们爱上，为什么我们又不安稳
总要用怀疑猜想彼此的世界
在这一面去寻找另一面。面对面时
那怀中落了许多幻影
有受寒的心和空度的日子
我握住了玫瑰，但我坐在冬天里

到此时
我无法解释爱情
如同无法解释抱歉

（12） 我涉渡你的河

我涉渡你的河
为采一些波光
为多积攒些闪烁的心灵
我若要航海，你的
风暴激励了风帆
我们互为补充
我们相互依靠
你的存在正是我的存在
存在是可以看见并言说的
以一日三餐相互往来
以一笔勾销相互分离
以一夜难眠相互接近

我们坐在乌云般的生活里
但乌云也并不可怕
它总要转化成润物的雨，洁白的雪
所以，一定要安静下来
不要过于担心来势汹汹的征兆
它同样会转化
在来的路上被驯化为一只

软绵绵的羔羊

这一切归于我们相爱——

（13） 我爱你

我爱你

但不能窃取你

你爱我

但不能占有我

我不同于你

心灵不同于心灵

爱不同于爱

因为我爱桃花的时候

可以说出理由

而爱你的时候

什么理由也无从说起

但我们彼此总要记住：

爱久了也会被病菌侵袭

所以常常要用泪水清洗

（14） 以爱为笙箫

我对怀念是否定的

就像爱否定爱的自身

从爱到怀念是巨大的跳跃

之间有雏菊和双唇的颤抖

悼一个"爱"之死，或
一次"爱"的跌倒

我要寻找你
我带上薰衣草的香味
来到你的房间，捕捉你
在一个夜晚里的两场梦
在梦与梦的间歇里
以爱为笙箫
吹出我的憔悴
等待你醒来。我要告诉你
我已经做出了我的选择——
决心爱你
若我不爱你
你也会变得荒芜
我继续选择爱你
并不只爱你常见的修饰
我要在你那里做一次诗人
陪我把今生的情诗写完
诗里隐含无数个迷藏
你躲在词中
躲在最安静的格子里

我空闲下来
我来格子中寻你
我要用我所有的情绪

为你缝缝补补
学着妈妈一针一线为你补起
把你东窗遗失的往事补起
把你心上的伤口补起
补起一个斑驳人间的你
补起一个逆光空照时的你

（15）青春时而遇见伤心的人

我想你想得过于敏感
我习惯用这荒唐的逻辑
推理出我爱你。但你
却把种下的那片玫瑰
改种麦子。若有必要
你把我交出去
换一些粮食回来，反正
我是你情感多余的开销
我搂不住你
我可以搂一怀的月光
我吻不到你
我可以吻一片孤风送来的雪
我该离开了
默默听任
早在时光里种下的那些年轻
照片之下青春的投影
过去已不在

青春时而遇见伤心的人
那个少年再也不见
月落之事只是一片光阴
沦为一个瞬息的贱民

图书在版编目（CIP）数据

纸建筑 / 孟原著. --武汉：长江文艺出版社，
2022. 9
ISBN 978-7-5702-2623-8

Ⅰ. ①纸… Ⅱ. ①孟… Ⅲ. ①诗集－中国－当代
Ⅳ. ①I227

中国版本图书馆 CIP 数据核字 (2022) 第 054646 号

纸建筑
ZHI JIAN ZHU

责任编辑：胡　璇　　　　　　　　责任校对：毛季慧
封面设计：源画设计　　　　　　　责任印制：邱　莉　　王光兴

出版：长江出版传媒　　长江文艺出版社
地址：武汉市雄楚大街 268 号　　　邮编：430070
发行：长江文艺出版社
http://www.cjlap.com
印刷：中印南方印刷有限公司

开本：880 毫米×1230 毫米　　　1/32　　印张：6.25　　插页：4 页
版次：2022 年 9 月第 1 版　　　2022 年 9 月第 1 次印刷
行数：4517 行

定价：58.00 元
